Ce livre appartient à :
_____

Casterman
Cantersteen 47
1000 Bruxelles

www.casterman.com

ISBN : 978-2-203-11172-1
N° d'édition : L.10EJCN000564.C005

© Casterman, 2016
Achevé d'imprimer en mars 2018, en France. 84647.
Dépôt légal : mars 2016 ; D.2016/0053/105
Déposé au ministère de la Justice, Paris (loi n°49.956 du 16 juillet 1949 sur les publications destinées
à la jeunesse).

martine

monte à cheval

d'après les albums de Gilbert Delahaye et Marcel Marlier

casterman

Durant les vacances,

Martine va prendre des

leçons d'équitation chez

l'oncle François. Celui-ci

possède un manège. Ses

pur-sang ont déjà gagné

beaucoup de médailles.

Le cousin Bastien propose à
Martine de visiter les écuries.
Pendant ce temps,
Patapouf fait connaissance
avec le nouveau lévrier
qui surveille la ferme.

À la porte de l'écurie,
Vulcain et Cyclope saluent
Martine. En voyant Patapouf,
ils prennent peur et commencent
à taper du pied.

— Du calme, du calme, nous
ne vous voulons aucun mal,
les amis, dit Martine en
caressant Vulcain.

— Qu'y a-t-il dans ce box ?

demande Martine,

très curieuse.

— C'est Pénélope,

une jument qui attend

un petit poulain.

Ne la dérangeons

pas, elle est trop

fatiguée pour le moment.

— Il faudra de la paille
pour le poulain, dit
le cousin Bastien.

Martine se met directement
à la tâche, dénichant ainsi
une souris de sa cachette.
La petite bête s'enfuit.

Patapouf poursuit la souris
jusque dans la cour.
Mais le petit chien
abandonne rapidement
la course, distrait par
un cheval inconnu.

— Je ne suis pas un cheval !
dit l'animal. Je suis
Tagada, le poney.

Pan, pan, pan. Le garçon d'écurie pose un nouveau fer au sabot de Météore, le cheval favori de l'oncle François. Heureusement, ça ne fait pas mal.

— Le clou s'enfonce dans la corne, explique-t-il.

Le cousin Bastien selle
Pâquerette, la plus douce
jument du manège.

— Veux-tu la monter ?
demande-t-il à Martine.

— Avec joie ! répond
la fillette qui attendait
ce moment avec
impatience.

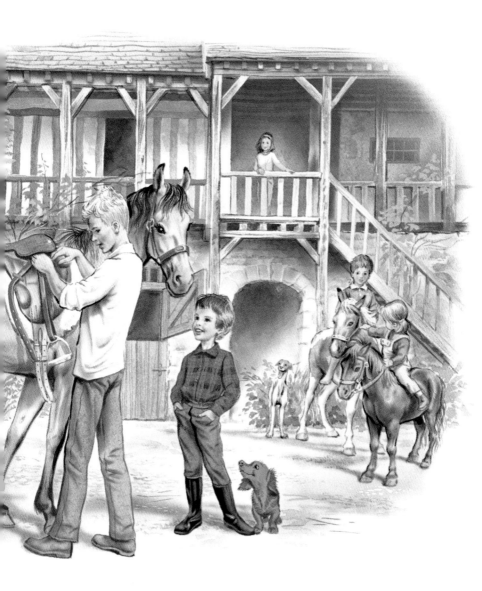

Tout est prêt : la selle,

les rênes et les étriers.

Il ne reste plus qu'à vérifier

la sangle. Mais ce n'est pas

facile de se hisser sur le dos

d'un cheval… *Hop,*

on pousse le pied dans

l'étrier, et on y est !

Avant de pouvoir partir
en promenade, il faut
s'entraîner en tournant autour
du manège. Le cousin Bastien
tient Pâquerette par la longe,
pour qu'elle ne parte pas
au galop.

— Pas si vite, pas si vite, dit
Martine un peu craintive.

Martine fait rapidement
des progrès. Pâquerette
est son cheval préféré.
Tous les matins, la jument
a droit à son morceau de
sucre, et remercie Martine
d'un grand salut en secouant
la tête.

Au fil des jours, et après
un long entraînement,
Martine est devenue
une excellente
cavalière. Elle part
se promener toute seule
dans la campagne,
en galopant aussi
vite que le vent.

Souvent, la fillette et
sa jument s'arrêtent pour
boire au ruisseau. Patapouf
et son nouvel ami le lévrier
la suivent tout essoufflés…
Ils sont un peu jaloux de la
complicité de leur maîtresse
avec son compagnon.

Aujourd'hui, un concours

d'équitation est organisé par

le club de l'Éperon d'Or.

L'oncle François y a inscrit

Martine. Elle est ravie !

Comme elle aimerait

remporter le premier prix !

Pour cela, il faut que sa

jument ait fière allure. Martine

la brosse et peigne sa crinière.

C'est au tour de Martine :
elle enchaîne les sauts avec
aisance, et Pâquerette est
plus concentrée que jamais.
Encore une barrière à
franchir sans la faire
tomber… Oui !
Le dernier obstacle est
passé.

Tout s'est merveilleusement
passé. On annonce
au micro :
— Premier prix,
Mademoiselle Martine !
Hourra ! Le public
applaudit, et les flashs
crépitent.
Martine est vraiment
la meilleure des cavalières.

Titres disponibles